tudo o que leva consigo um nome

tudo o que leva consigo um nome

francisco mallmann

1ª edição

Rio de Janeiro
2021

Capa e ilustrações: Thalita Sejanes
Projeto gráfico e editoração: Ilustrarte Design

Este livro foi revisado segundo o Novo Acordo da Língua Portuguesa.

EDITORA JOSÉ OLYMPIO LTDA.
Rua Argentina, 171 – 3º andar – São Cristóvão
20921-380 – Rio de Janeiro, RJ
Tel.: (21) 2585–2000.

Seja um leitor preferencial Record.
Cadastre-se em www.record.com.br e receba informações sobre nossos lançamentos e promoções.

sac@record.com.br

ISBN 978-65-5847-003-8

Impresso no Brasil
2021

CIP-BRASIL. CATALOGAÇÃO NA PUBLICAÇÃO
SINDICATO NACIONAL DOS EDITORES DE LIVROS, RJ

M219t

mallmann, francisco

tudo o que leva consigo um nome / francisco mallmann. – 1. ed. – Rio de Janeiro : J.O., 2021.

ISBN 978-65-5847-003-8

1. Poesia brasileira. I. Título.

20-68371

CDD: 869.1
CDU: 82-1(81)

Camila Donis Hartmann – Bibliotecária – CRB-7/6472

dedico este livro a mim
e a minhas irmãs e
desdedico este livro
a ti tu sabes
o porquê

"minha ousadia foi pensar o impossível"
carmem berenguer

trago-lhe boas notícias
finalmente será demolida
a parede e instalarão
para mim uma janela
nem posso acreditar
depois do tanto
que insisti
agora verei a ponte
agora verei o caminho
que fizeste ao fugir
fernando a vida é terrível
mas disseram-me que
às vezes se descansa eu
daqui mal posso esperar

já me disseram que tu estás
por aí a espalhar barbaridades
de mim também eu passei a
criar histórias desde que
você partiu não considere
isso uma ameaça considere
um aviso aguarde e sinta
o poder de minha
enunciação fernando

fernando não faça isso

fernando segue me desafiando
e verás o que um livro
publicado pode fazer
quando escrito sob
o signo do rancor
fernando eu estou
desenfreada e espero que
laura te entregue o recado
em que eu dizia
chega fernando
assim não dá

escrevo agora poemas fernando
mas não direi nada sobre
o dia em que me levaste
para ver o pôr do sol
no morrinho perto de onde
morava dona iolanda não te darei
o gosto de ser bem retratado
em minha escrita que é sobretudo
sincera e fernando tu desperdiçaste

fernando chegou até mim a informação
de que você está decepcionado com minha
excursão pela poesia pois segundo consta
você considera meus materiais muito ruins
e segundo consta pela manuela você disse
que eu destinaria pouco ou nada ao mistério
e que segundo consta por quem não digo
você considera minha poesia imprestável pois
fernando me poupe foi você quem não soube
me reconhecer quando eu era o puro mistério
inteira misteriosa foi tu sim foi você não me
venha com esses arrependimentos serei
poeta acostume-se

como você é patético fernando
não sei como fui capaz de meter-me
com um tipo feito tu que ódio
ainda bem que agora escrevo
do contrário te azucrinaria mas
sou elegante ontem convidei
adriana que é atriz a dizer
meus versinhos e achei que
em sua boca ficaram muito bem
meu círculo é de artistas fernando
somos um perigo tenha cuidado

fernando por favor oriente-se
eu deixo que os verbos verbeiem
mediante minhas veias abertas
por acaso se conjuga veia como
és ignorante fernando mesmo
distante me impressionas

fernando você sempre soube
que só aturei este lugar
por sua causa agora que
te detesto já imaginas
em que estado me encontro

o que está acontecendo fernando

olha fernando o que me alarma é que não reparei
quando a maldade te sugava os miolos
não avolumo em mim nenhuma culpa
mas sigo um tanto impressionada que é
para manter-me fresca de vida

resina regina resigna resignada revoltada fernando eu estou revoltada

redescobri a fúria fernando isso foi o que de melhor fizeste por mim

tu sabes que
nunca saberás o
que é saber
precisar se formular
inteira do início
ao fim fernando
nada me foi dado
e se hoje digo
eu foi depois
de muito trabalho já
para ti fernando
não há nada mais
fácil do que dizer
eu eu eu
eres moderno fernando
moderno e intragável

pararei por
hora de
me referir a
ti pois como
me disse minha
madrinha crie
o hábito de não
tocar mais no
nome de quem
você quer superar
e é isso o que
farei fernando

me custou
muito não ser
triste acordo
e penso não
serei isso que
seria caso não
fosse o que sou
fernando que raiva

achas mesmo
que eu iria
pedir a tânia
que me desses a
camisa que
gostavas meu querido
vim em meus próprios
trapos que é para que
me vejam tal qual
me encontro agora
estropiada furibunda

quero ser pedra fernando
vais tentar caminhar e ali
estarei lhe apresentando
minha recusa em deixar
de ser insuportável

sei que te assustas fernando
porém na nova era mundial
gente como eu segura nas mãos
os lápis e diz tudo o que pode
dizer até que gente como tu
caia ao chão estupefata

eu vou matar um homem
de nome fernando eu vou
matar um homem sem nome
vou matar algum homem
não importa seu nome
fernando vou matar matar
matar um homem diz-me
revanche que te digo reparação
restituição te digo retratação
ressarcimento te digo
tanta coisa fernando
nem imaginas

não te esquece hora alguma
fernando que estamos
em terra invadida
pisas em ossos e sangue
de gente minha fernando
não te esquece hora
alguma que foram os
teus quem te trouxeram
aqui eu nada tenho a
ver com isso só estou
pegando o que é meu
e o desejo de te ver
morto é só o início
de uma nova
ordem da
visão

o mundo te foi dado como
um presente de boas-vindas
a mim me coube elaborá-lo
não finja surpresa ao descobrir
que meu mundo acaba com o teu
é o fim da paz fernando

não quero que digas mulher
não quero que digas homem
quero que digas o nome
que escolhi para
mim

nunca pedi para ser
isso aqui nunca quis
ser essa que
te enfrenta te
cospe a cara nunca
pedi para ser eu
fernando no
entanto uma
vez que sou
isso serei

meus cabelos muito longos
sonhei que te enforcava em
meus imensos fios sonhei que
dizias pare e eu falava parar
com o que fingindo que eu
não entendia o que tu dizias
exatamente como tu costumavas
fazer mas eu entendia fernando

estou vindo do hospital onde descobriram que existem
caroços em meu coração e esses caroços são dores fernando
foi isso o que me disse o doutor que em meu coração
se formaram pedras de dor te escrevo para que saibas que
esses cristais carregarão o teu nome isso eu mesma sugeri
às enfermeiras eu disse chamem as pedras de fernando
ninguém entendeu mas eu sim fernando vou te devolver
a dor que está em mim mas é tua

não fui eu
quem criou
a guerra

era linda
a capa do teu caderno
mas o interior
era horroroso
que pena um caderno
tão bonito tão
mal escrito
ruth que saudades
há muito tempo
você me disse
algumas coisas
são para se ver de
longe e foi só agora
que entendi ruth
obrigada
fernando
era péssimo escritor
mas fazia a pose

estou aqui fernando para
me desculpar por ter
freado bruscamente o
automóvel
espero que já esteja
cicatrizando
o corte
te escrevo que
é para ver se me livro
do medo enquanto ocupo
novamente as mãos

fernando os outros amores ser-te-ão tristíssimos serão
amargos e ríspidos os outros amores virão
e você os dirá não aguarde e veja

ontem à noite fui ao teatro
e odiei

federico me disse que você mostrou a ele meus
manuscritos e isso é um grande erro uma vez
que eles estão ainda em desenvolvimento
nada está finalizado te enviei crendo que
éramos amigas eu acreditava que com você
minhas palavras estariam seguras peço por
gentileza que queime os papéis que te
entreguei e que diga ao federico
para esquecer o que leu muito
me preocupa a imagem que ele terá
de mim ao ler tão ingênuas coisas
sem revisão muito me
assustei em receber críticas
de federico isso nem está
finalizado o que você foi
fazer eugênia não vê que assim
me prejudicas

estou morrendo e não era para você
ter dito ao miguel que me viu chorar
com as costas molhadas de suor
porque fui ao centro em busca
de uma pista da sua nova morada
eu te disse que não éramos amantes
tampouco éramos desconhecidos
não quero nem pensar no que ele
está pensando você sabe que quando
grito socorro para os transeuntes
estou antes de tudo fazendo cena
para que ele note que ainda estou viva
sinto que não posso mais confiar em você
portanto quando chegar às seis da tarde
peço por gentileza que mande alguém
vir me ver pois estarei caída na sala
embriagada da dor de suas traições

gostava quando estávamos
um tanto mais afastadas você não ficava
por aí fazendo fofocas sobre meus projetos
e se fofocava eu não ficava
sabendo

o teu tipo de gente é esse
que difama e ainda diz que difama
não creio que precisavas ter me dito
que miguel perguntou de mim e você
disse ela está morrendo pois o fato de
eu dizer que estou morrendo não significa
que eu de fato esteja e isso você
deveria saber inês que lástima

que falta me faz outra vida
para de outra vida sentir falta
também

não serei bonita
há tantas coisas por fazer

não mais tentar outra
é chegada a hora de me
acostumar com a coisa
que sou que me fiz ser

tudo seco fernando não vejo gente
eu e o mundo imundo não chove
era ainda outro o assunto que queria dizer
o sentido sempre mais longe e eu já não vou
lá chegar como pode doer escrever e
ser bom

quando estiveres boa
saímos de férias e damos
uma grande volta de carro
eu tu e tua irmã
voltamos ao centro
fazemos graça da vida
quando estiveres boa
gostava de ir em frente
tudo como nunca foi
descansar nos teus ossos
descansados
quando estiveres boa
anunciar
mesmo se inverno for
a primavera

era então isso o que querias
me dizer ao ouvido fernando
a cantiga de morrer como um homem
viver como um homem querer amá-lo
num mesmo gesto desejar e desconfiar
de tudo o que leva consigo um nome
sei que me enxergas fernando
no entanto sei que não me vês

fernando farei palavras
de outras palavras
ou usarei as mesmas
mas comigo elas
serão diferentes
porque serei eu a usá-las

esse é um exercício de morte
e vida esse é um exercício de
nascimento dentro e fora
do encerramento um
exercício de furar o tempo
esse é um exercício
de imaginar-me sem o
desgaste de ter que
me explicar porque eu
fernando na verdade
como já sabes sou essa
crueza tanto de perto
como de longe

ontem nos reunimos
eu sandra e magda
para falar mal de ti
tantas coisas elas
me disseram coisas que
ainda não estavam bem
postas em minha mente
o amor existe
e a inteligência também
são as minhas amigas
fernando

quando me vês
assim tão quieta
saibas que o que
me ocorre por
dentro é o fim
de tudo da tua
cara branca
fernando
se ainda tivesses
algo na cara mas
é só uma brancura
sem-fim

agora aos poucos vou saindo
de dentro do susto fernando
e já me sinto pronta para
de simples imagem
me tornar pesadelo

sei quem é o assassino
da olga fernando
ou entrega teus amigos
ou os perde todos do lado
de cá estamos prontas

chorarei chorarei chorarei
depois pararei e então
rirei rirei rirei e com isso
farás o que fernando
nada

recebi semana passada um prêmio
não ficaste sabendo pois é uma
premiação inédita foi eva dizendo
que sou a maior escritora que ela
conhece pois sou a única sei que
não te importas mas isso para mim
é tudo

me compadeço com aqueles
que acreditam que isto aqui
é amor

meço os meus esforços pela
gente da cidade o tamanho
da estranheza que causo sei que
sou uma encruzilhada e creio
imensamente fernando que
para além das divisas deste buraco
deve haver alguém parecida a mim
desejo me corresponder com alguém
que como eu é ruim de
se pôr limite haverá fernando
será que haverá

não quero compaixão fernando
tua sensibilidade me enoja
use-a com os teus como disse
rita eu estou em outra
eu estou muito outra

não rezo fernando isso aí é
coisa tua eu amarro força
na mão e lanço para o vazio
que na verdade está cheíssimo
se te conto não acreditas tu
és um embrutecido e não é
minha responsabilidade te
desembrutecer vai olhar
num espelho e veja
que tristeza

achas certo que tenham
prendido o professor
fernando eu não acho
já há três dias estamos dedicadas
a fazer cartazes pela liberdade
de marco aurélio isso é muito sério
fernando a ponto de eu dizer a ana
que não serão necessários
somente cartazes senão
a quebração fernando
eu quero quebrar fernando
quem me acompanhará
ainda não sei

homens chatos fernando eu
os vejo e forjo um desmaio
ou saio apressada como quem
diz estou ouvindo com licença
odete me chamar

não é porque és horrível
que podes presumir que
eu também seja
sua régua de medir gente
comigo não
funciona
eu estou para além de
suas medidas
fernando você me
vê e se perde seu
instrumento de
nada serve e isso
me faz bem muito
bem

tomara que tropeces hoje fernando

ou acordei bem ou estou muito mal
a ponto de já não saber à tarde tomo
as ervas que me deixou
mariana para ver se melhoro
ou pioro ou o quê

o que me dói fernando
é que me fizeste de
objeto de estudo
deve sim ser muito
interessante voltar ao
gabinete cheio de
histórias de alguém como
eu fernando o que não
sabes é que enquanto me
estudavas eu também
analisava daqui algumas coisas
e vou também eu dizer o
que penso sobre gente
como tu

fernando tu não perdes por perder

já quis tanto que me achasses admirável
fernando hoje desejo que não me
aches nada cala-te fernando ao
falares de mim para você quero
ser apenas uma assombração
ao pensares em mim
quero que te afogues e que
teus homens estejam
nessa hora cochilando

éramos quatro ou seis ou dez
às vezes doze íamos
juntas formando um paredão
a cidade estremecia e
nós passávamos ardendo
em desejo se alguém falasse
qualquer coisa que fosse
retrucávamos em
berreiro disso sabias
fernando não sabias
éramos em bando

me lembra você
este livro
fernando
pesado sem-fim
diz diz e no
entanto não diz

eu estava de saída
mas já que
perguntaste
o nome eu mesma
escolhi obrigada

gente que horror

você queria uma sandalinha
de madeira para andar e fazer
tec-tec-tec
mas não te permitiram usar
uma sandalinha que fizesse
tec-tec-tec
mas curiosamente usavam seu
corpo e nele batiam para fazer
tec-tec-tec

a dona lourdes sempre
dizia essa daí
acha que pode
enfrentar o pelotão
até virar a primeira
esquina e não
reconhecer
ninguém
mas dona lourdes
eu queria muito não
reconhecer
ninguém

li as obras que esqueceste
enfastiantes como tu

estou despossuída de mim fernando despossuída
é assim que fico quando estou despossuída
me olha e me vê despossuída

eu comia sem parar as pipoquinhas
eu amava a voz do rádio
pensava sozinha será que é isso
será que é só isso
eu ouvia e comia as pipoquinhas e
pensava sozinha será que é isso
será que é só isso

isso me ensinou marlene e registro abaixo

regras para criar tua pista de dança
1. dança

agora que nunca mais
te encontrei úmido
encolhido entre os lençóis
desejando desaparição
agora que já não é
em meu corpo que
você despeja
tua violência
agora que já quase
esqueci das vezes em que
certa do fracasso te carreguei
para dentro novamente
agora percebo
não gosto do
que escrevi na
tua presença
fernando
porque as palavras
do papel eu apago mas
o que no interior delas
fica é muito mais difícil

ancorado no peito teu desejo de partir
você me disse não é aqui
que nós faremos o que viemos fazer
eu pensava onde é que você queria estar então
quando é que poderíamos ser isso que por dentro
já éramos será que ficamos muito
pequenas será que ficamos muito grandes
será que não existimos para além dessas ruas
que tristes nossas vidinhas
minha amiga será que
teremos de fugir

na primeira vez que me pintei o rosto pensei
quem é essa na segunda vez pensei quem é
essa na terceira vez pensei quanto trabalho
teremos minha querida mas contigo
estarei

quando pensares que sabes de nós
alguma coisa lembra-te por exemplo
que ângela e helena são uma pela
outra apaixonadas achas que entre
nós não nos amamos isso é bem
do teu feitio anota na tua caderneta
de ti não precisamos para nada

porque só me quiseste escondida fernando
hoje só amo quem me queira em público
e a isso também te agradeço pois não
sou de esconder nada
menos ainda o que
por aí chamam de
amor se amo
fernando amo
desescondida

homens que amam homens podem ser
tão iguais aos homens que não amam homens
também desejosos de dureza e grandura
viris feitos os heróis por quem primeiro
caíram bobos nessa ficção fernando quero
que saibas que quando senti o que senti
nada tinha a ver com dureza e grandura
lembre-se sempre às vezes olho
para isso entre as pernas e digo
me diga o que quer
e a coisa nada me diz

o que querias que eu fizesse fernando
com essa porcaria de história
que me deste

quando tu te achavas bom
eu já era eu
quando estavas pensando em invadir a vila
eu já era eu
quando querias alguém para matar
eu já era eu
quando precisavas provar a ti tua própria estreitura
eu já era eu
quando cogitavas incendiar a estrada
eu já era eu
quando nem consideravas minha existência
eu já era eu e
embora agora muito outra
eu já era eu
posso até deixar de ser fernando

não podes deixar que as coisas
que te dizem entrem para o
lado de dentro eu mesma
se ficasse carregando o que
ouvi já não estaria viva
minha querida para estar no
mundo é importante um pouco
no mundo não estar

só pode ir para fora quem
dentro está mas quem
está fora e quer ir ainda
mais para fora faz como
fernando

credo fernando que chatice

desculpe hoje sinto-me
muito mal para seguir
adiante com o projeto
dos poemas de
vingança não
poderíamos
quem sabe
revisitar
o período
da paixão
não

para que serve um livro fernando
senão para que fiquemos
desconfiadíssimas pensando
minha nossa um livro estou
desconfiadíssima eu também

tem coisas resolvidas na vida
tem coisas resolvidas na escrita
tem coisas que não se resolvem
em lugar nenhum e assim me
mantenho fernando em trânsito

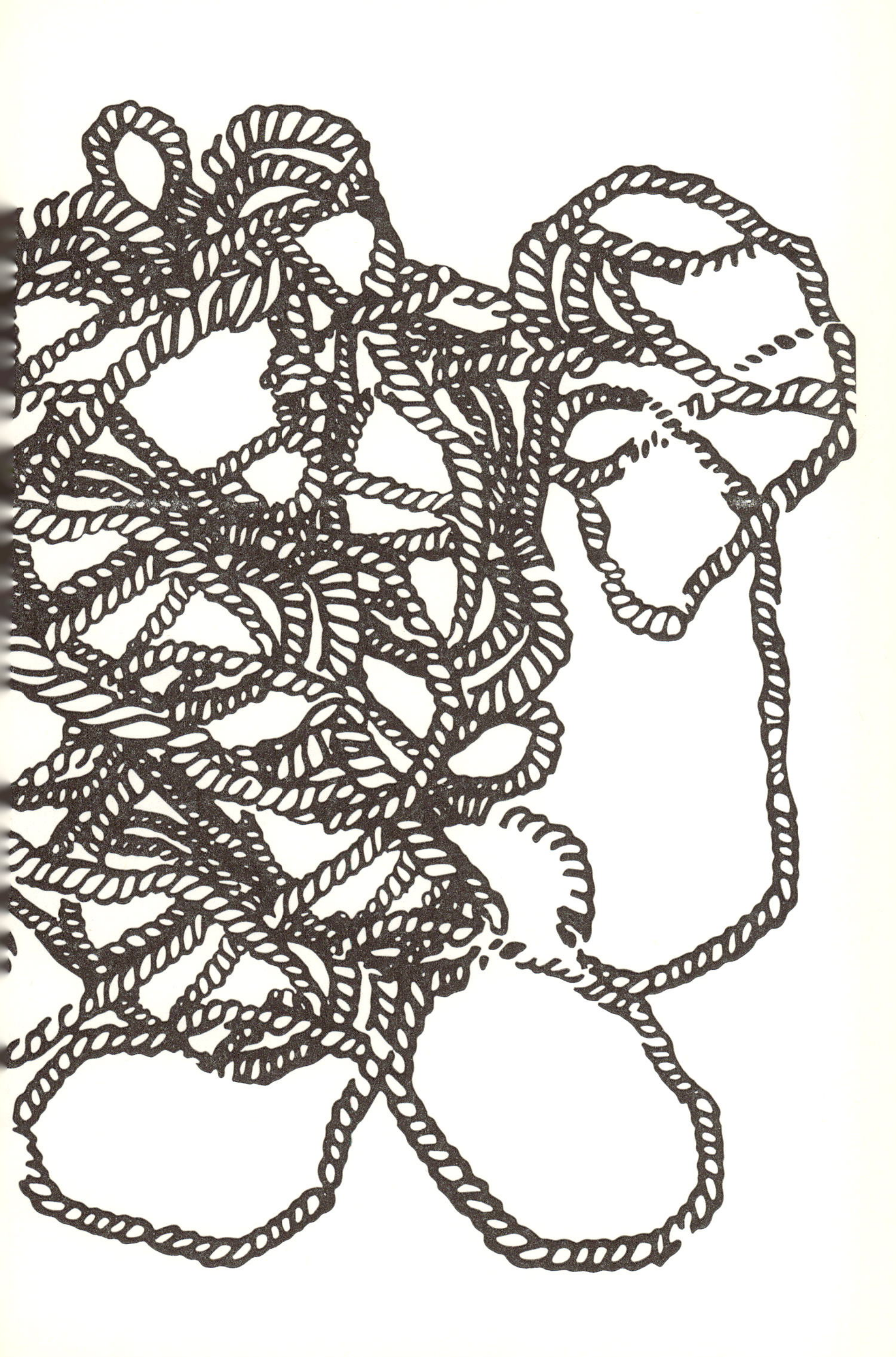

é que querias me decifrar de cara
e isso não te dou fernando
e isso não te dou

a cigana me disse
agarra a obsessão
e termina com ela
aí tens fernando

cada automóvel que vejo
cruzar a fronteira
deixando atrás
o rastro de poeira
sinto que sou eu mesma
fernando a me desenhar
no ar não sinto saudade
estou acesa sonho
uma outra de mim
em outro canto
do mapa
será que eu
existiria fernando
não fosse aqui

mataram marcelo
e eu te odeio
fernando
porque não
fazes o mínimo
esforço
para mudar
o estado de
terror em
que vivemos
chegará o dia em
que cobrarão por
cada uma de nós
fernando e aí
como é que
farás

escrevo copiando fernando
escrever para mim
é ir pegando do mundo
pra devolver outra vez pra
me devolver outra vez

fernando as imagens felizes
estão mais próximas das imagens
tristes do que imaginas isso é porque
uma faz a manutenção da
outra uma imagem de dor
carrega em si o
seu inverso fernando
quem pode produzir
imagens te pergunto

minhas mortas
levo eu comigo
não te deixo
tirar até isso
de mim fernando
minhas mortas
levo eu

havia um busto de
invasor na praça
central estás lembrado
fernando
noite passada
eu e as meninas
o pusemos
abaixo o arrastamos
pela avenida para
que todos vissem
chamaram de
gesto simbólico mas
fernando foi mais
muito mais

chamas-me feia fernando
pois não podes me chamar
ignorante e mesmo que
pudesses não poderias
pois comigo já não
podes nada

vais atirar então
atira que também
eu sei atirar fernando
treinei coisas que
nem desconfias

há anos minto minha
idade fernando e como
foram os inimigos
quem fizeram os
documentos já
não sei quantos
anos tenho quando
foi que nasci

este é o meu sexto livro
fernando os cinco
primeiros escrevi
internamente por
isso achas que é
o primeiro mas estás
equivocado

ficou sabendo que
carolina copiou
descaradamente
meus versos

não gosto de ti
nunca gostei
foi só que andei
distraída dos
meus sentidos
fernando agora
já me recompus
daqui para frente
só desgosto

fernando poesia
é síntese isso
me disse joana
vê só como
é difícil para
mim

te estapeava te estapeava
te estapeava dada hora
parecia que cairiam minhas
mãos de tanto que eu
te estapeava

sou poeta
a pesar

fernando estão nos
contratando para
que matemos
em toda a região
estão famosos nossos
serviços fernando será
que era isso a revolução
que dizia o professor
nós juntas
matando os homens

para muito depois da ponte
encontraram alice fernando
morta e eu lembrei quantas
vezes pensamos em
jogar o corpo juntas
ir embora de rio
afogadas ou não

joana voltou
disse que visitou
um museu acredites se
quiseres que expõe peças
coloniais fernando já não
basta o que fazem e fizeram
ainda pegam o espaço do
museu podendo ser de artista
esse espaço fernando artista
igual é mariana que está lá com
as coisas empilhadas coitada

estou arrasada isabella
a cada versinho meu que lê
lembra do nome de um
poeta dizendo que
estou copiando alguém
isabella és uma ingrata
não te dedicarei mais
nada que porventura eu
possa vir a escrever achas
que originalidade se inventa assim
sem mais nem mais menos espera

tens de lapidar dizia o professor
mas eu não quero

dizes que escrevo errado a imitar não sei
quem tentando reproduzir algo que não me
cabe mas fernando veja só se eu não faço caber

estou me concentrando fernando
porque a partir daqui já não
posso nunca mais me esquecer
de odiá-lo

estou péssima mas carrego em mim
uma nesga de cintilância fernando
não vês porque já estás morto te matei

fiquei pensando sobre todas as coisas fernando
porque diferente de tu me ponho a pensar
e o que posso te dizer é que ainda não te posso
dizer muito apenas que preciso ainda pensar
mais

veja a música que compomos eu e antônia
não posso ir não posso voltar
vou ficar aqui vou ficar aqui
até me transformar
no dia que te encontrares te canto

nem pais nem país
vim e vou e sou
só eu mesma
sozinha cheia
de gente

queria que quisesses fernando

parecia felicidade
fernando mas
era ferocidade
se olhares bem
a fotografia
percebes

menti
estou sem tempo
para parar de fumar

me travam os maxilares mas mordo muito
bem fernando mordo muito bem

a rita diz sempre que a linguagem
é a própria vida ou era a língua
não sei mas repara que
viva estou fernando

hoje não sei nada
fernando
mas sinto tudo

a célia diz que o ódio
enruga e enfeia
engraçado eu a cada
dia estou mais jeitosa

meu gênero sou eu
meu gênero é meu
mas se quiseres
te empresto

falo no feminino o que é que tens com isso fernando fala

é que me permito a contradição
fernando te explicaria
mas hoje não posso
tenho compromisso

o mais difícil é se
livrar do corpo

tenho uma gatinha de nome
sumida quando ela some
digo sumiu a sumida

eu pergunto ao vento
e ele me diz fique viva
então de tudo eu
faço fernando
pensando nisso

estou escondendo gente
em minha casa fernando
aqui não entram
os homens avise
que quem se
aventurar comigo
morre

estamos nós
mesmas resolvendo
algumas coisas
fernando

precisava de tantas páginas para dizer isso

vicente está agora
escrevendo uma
peça para eu
estrelar já pensou
eu já

quando eu for estrela
vou deixar que toda gente
entre em meu camarim
menos você fernando

quero saber se é verdade o
que disseste ao otávio que
escrevo como quem copia
receita de bolo que estúpido
fernando não sou dada
a confeitaria se ao menos
desse estupor saíssem doces
tenta tu com isso fazer
um bolinho convide o otávio
para te acompanhar e então
me digas olha fernando
já é hora de assumir que
és não apenas para mim
insignificante não venha
minhas iguarias maldizer

minha relação com edith é de
confiança fernando isso
nunca saberás o que é
ter alguém em quem
confiar somos
irmãs você por
acaso tem uma irmã
óbvio que não maldito

até aqui minha obra fluía bem
foi agora que se perdeu
desembaraçar para embaraçar
assim é a criação fernando
não te animes em breve
minha obra se assenta
e tu estarás cada vez
mais deslembrado

se doida me queres doida me querás terás

anunciar nossa chegada
nossa permanência
e nunca mais
nossa morte

já não me editas as regras fernando

esgotada fernando no entanto desejosa
sabes o que é isso sei que não sabes
pergunto pela arte da retórica que
como vês fernando domino bem

querias ser chamado de gênio fernando
isso nem existe pensando bem que bom
combina com tua insignificância

aguardo as vinganças do céu fernando
enquanto isso eu mesma faço

decidi que a partir de agora
não vou gastar minhas palavras contigo
vou gastá-las comigo mesma fernando
o processo às vezes dura demais mas
isso só entendem os artistas
tu não entendes não és artista

e houve aquele ano fernando
em que tudo fizemos
enquanto nada fazíamos

rejeito as imagens que criastes
de mim fernando elas são
tuas não são minhas

há dias a empresa cava mais fundo o buraco
andrea me perguntou se reparei que hoje de manhã
a coisa tinha o exato formato do mapa do país
o furo bem fundo geografia do chão
não reparei mais tarde fui ver se ainda estava ali
mas já era outro desenho outra fundura
o que ficou foi o desejo de me jogar
o azar eram os cordões de isolamento
os homens voltando do almoço palitando os dentes
troncos nus ensaiando o retorno ao trabalho
não vá se jogar um deles diz e eu
sorrio como quem diz quem decide sou eu
olha bem para mim se eu quiser
atravesso essa corda
em um segundo estou ali incorporada à escavação
talvez fosse isso o que faltava
ser resgatada de algum jeito
gente reunida tentando me tirar de dentro
homens se jogando na minha direção
mãos de calo agarrando meus braços
perguntando se dá pé se toco o fundo
se alcanço o fim
será que se me lanço fica alguém

é muito fino isso que a gente
toca quando caminha achando
que é seguro caminhar
quem foi que fez esta cidade
fernando mão de quem
construiu isto tudo

o medo deles
não é de mim
é deles

um tanto bicho um tanto bicha
um tanto eu mesma assim eu
vou fernando

em alguns dias dói mais

queres saber quais armas
usamos os dentes fernando

sempre sonho que sim
mas hoje sonhei que não

eu era mancha vermelha fernando
a cruzar teu olho eu era vermelha
uma mancha eu ainda sou

não conheço ainda todas as medidas as distâncias mas
não há extensão maior que a de minha ferida fernando
isso te garanto isso te ofereço

o sol me queimando a
cara fernando eu
andava atrás de alguma
sombra algo que me
acalmasse a febre
por isso nisto vim parar
mas ainda não é
aqui

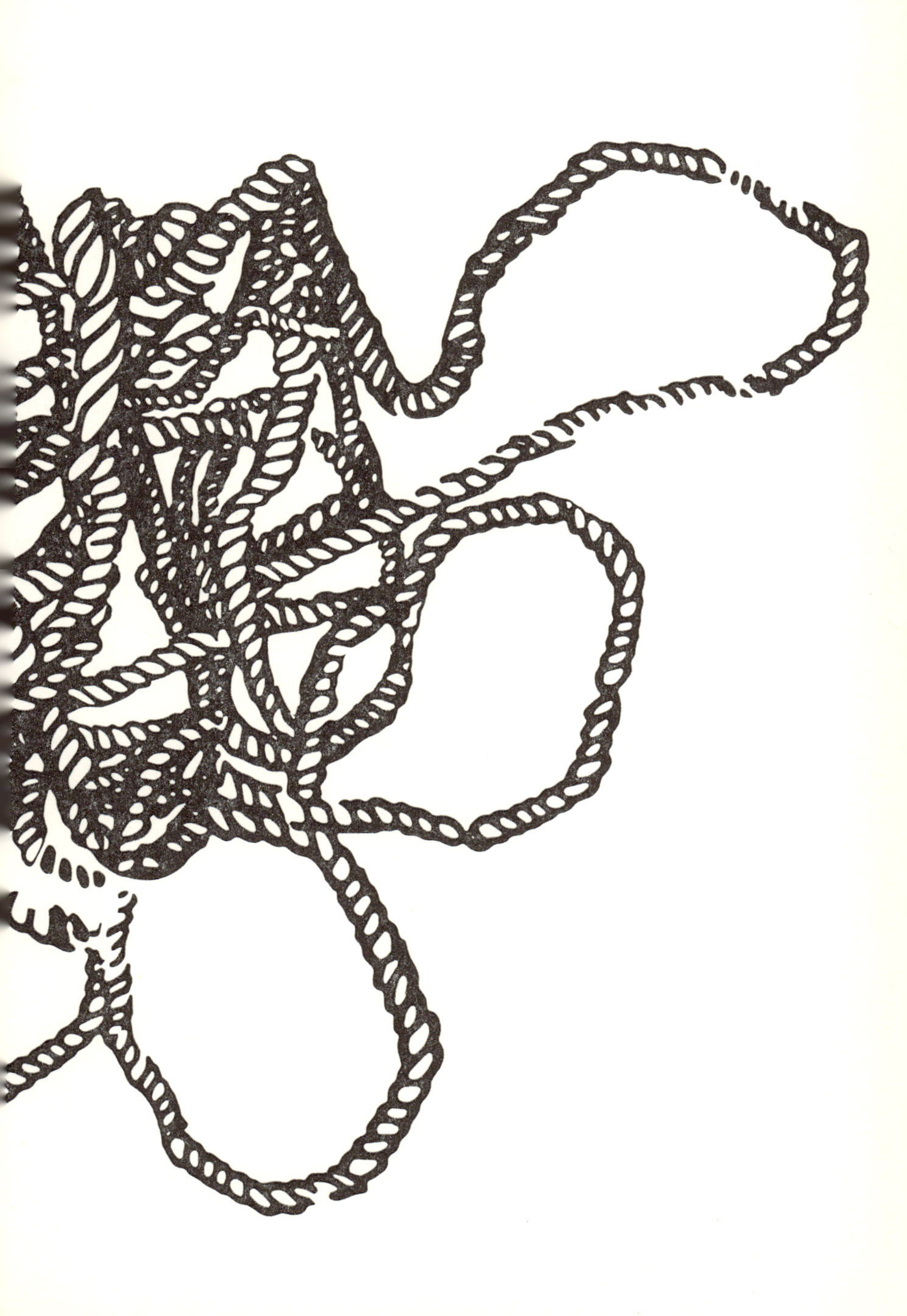

francisco mallmann atua entre a escrita, a performance, as artes visuais e a teoria. é mestre em filosofia e doutorando em artes da cena. trabalha de modo transdisciplinar e colabora com diversos grupos e coletivos artísticos – entre os quais a casa selvática, onde é artista residente, e a membrana, grupa de escritoras. seu primeiro livro de poesia, *haverá festa com o que restar* (2018), venceu o terceiro lugar na categoria poesia do prêmio da biblioteca nacional e foi finalista dos prêmios rio de literatura e mix literário. publicou, ainda, *língua pele áspera* (2019) e *américa* (2020).

www.franciscomallmann.com

A primeira edição deste livro foi impressa nas oficinas da
DISTRIBUIDORA RECORD DE SERVIÇOS DE IMPRENSA S.A.
Rua Argentina, 171, Rio de Janeiro, RJ para a
EDITORA JOSÉ OLYMPIO LTDA. em julho de 2021.

*

90º aniversário desta Casa de livros, fundada em 29.11.1931